포레스트 웨일 공동 작가

설렘을 안고 손 편지를 부칩니다

꿈꾸는 쟁이 | 이겸 | 언덕_위,우리 | 김예빈 | 소박이 | 강대진 | 온채원 | 광현
신선우 | 작은나무 | 윤서현 | 글지은 | 아낌 | 이지아 | 이상현
최병희 | 황서현 | 고태호 | 달마지(손현민) | 김지안 | 정세은
안세진 | 다래 | J | 이지현 | 솔트(saltloop) | 최이서 | 신윤호
강민지 | 숨이톡 | 사랑별 | 새벽(Dawn) | 허단우 | 박지연
사랑의 빛 | 최영준 | 박주은 | 김태은 | 정은아 | 김채림(수풀)
온 | 윤백예 | 백현기 | 별견듯 | 은지 | 조현민 | 그냥 시 | 이무늬
이여진 | 임나영 | 주변인 | 카린 | 윤현정

차례

포레스트 웨일

공동 작가

설렘

너의 모든 것이 설렘이었다

너를 만나러 가는 길이 내게는 두근거리는 설렘이고, 수줍게 인사를 건네는 순간도 설렘이고, 나를 바라보는 너의 따뜻한 눈빛, 나를 향해 지어주는 너의 미소, 나를 부르는 너의 목소리, 차가운 내 손을 잡아주던 너의 손길, 너의 모든 것이 내게는 설렘이었다.

꽃잎 하나

못다 빈 소원을 빌러
꽃잎 하나 잡으러 나왔다.

꽃보다 네가 먼저 보였다.
살며시 다가가 네 손을 잡았다.

네 손은 한 떨기 잎처럼
부드럽고 따스했다.

난 너의 손을 잡을 테니
넌 떨어지는 꽃잎을 잡으면

꼭,

손을 잡은 이와, 오래오래 행복하게 살았습니다로
그 소원이 끝맺기를.

꽃바람 불면

시절 인연, 우리의 인연은
현상하지 않은 필름 같은 순간이었다.

날 위해 웃어주는 미소가 있어서 다행이었고,
내 손을 잡아주는 네가 있어서 다행이었고,
날 안아주는 네가 있어 다행이었고,

너랑 있으면 하나둘 모든 게 순간이었다.

내가 왜 좋냐고 묻는 물음에
머뭇거리며 너라서 좋아 같은
뻔한 대답을 내놓아도

너는 이유가 없어도 괜찮았다,
내가 너의 이유였으니.

올해 봄은 네 손도, 품도 그리고 미소도 없지만

너와 걷던 그 거리를 걷다 보니,
떨어진 꽃잎마저 너를 보는 것 같았다.

이제 꽃이 거의 다 지기 시작했고,

꽃이 시들어 떨어진 거리에는
피어있을 때보다 더 짙은 내음이 가득했다.

예쁘지를 말던가

오늘 예쁘네?
이래서 내가 설레는 거야

항상 후줄근하게 입고 나오다가
한번 이렇게 각 잡고 예쁘면
나보고 어쩌라는 거야

네가 먼저
설레게 해놓고
반하게 해놓고

널 좋아하게 만들어 놓고는
이제 와서
좋아하지 말라고 하면

나보고 어쩌라는 거야

그러면 그날
귀엽지를 말던가
예쁘지를 말던가

마지막 설렘

설렘이
두려움으로 변하는 건
한순간이다

이 아이는
나에게 지금
이별을 고하려 한다

떨리는 마음에 신나서
제일 예쁜 옷으로 갈아입고
두근두근
설레며 나온 자리

이곳이 마지막일 줄 알았다면
나오지 않았을 텐데
보고 싶다고
조르지 않았을 텐데

후회와 두려움으로 변질된
마지막 설렘

1. 김예빈

조용한 떨림

설렘이란, 작은 바람처럼
입가에 스치는 미소처럼
마음 깊은 곳에서부터
조용히 일어나는 불꽃이죠.

아침 햇살이 창을 열고
새소리가 가득한 그 순간,
두 손이 닿을 듯 말 듯
떨리는 마음은 멈출 수 없어요.

첫눈에 반한 그 순간처럼
서툴고, 애틋한 이 감정,
설렘은 때로는 떨림,
때로는 부드러운 약속 같아요.

하늘이 닫히고 별이 흐를 때,

그 설렘은 여전히 가슴 속에

빛을 담고 있겠죠,

이 순간이 영원하기를 바라며.

2. 김예빈

나의 설렘이란

설렘은 새벽빛이 세상을 깨우는 순간처럼,
어둠을 뚫고 비치는 햇살 속의 작은 희망 같아.
설렘은 바람이 잎사귀를 스쳐 지나가는 듯한,
가슴 속에서 조용히 퍼져 나가는 떨림처럼,
조금씩 내 안을 채워가는 고요한 기쁨 같지.

설렘은 첫눈이 차가운 땅을 만나며 살짝 녹아내리는 것처럼,
그 순간만큼은 세상이 다르게 보이게 만드는 마법 같은 느낌.
설렘은 길을 떠나기 전, 이정표를 하나하나 확인하는 마음처럼,
미래에 대한 두려움과 기대가 얽혀 있는 그 경계에서 살아있는 듯해.

설렘은 끝없는 바다를 바라보며 작은 배에 몸을 싣는 그 용기 같지.

설렘은 꽃잎이 바람에 실려 날아가는 듯한 자유로움,
무언가 새로운 시작을 꿈꾸며 잠시 모든 것을 잊게 하는,
그 순간에 맑고 청아한 공기처럼.
설렘은 아침 해가 나무 사이로 길게 드리워진 그림자처럼,
조금씩, 서서히 다가오는 밝은 미래의 예감 같아.

설렘은 별빛이 흐르는 하늘을 바라보며 소원을 빌 때,
내 마음 깊은 곳에서 나오는, 표현할 수 없는 희망의 속삭임 같아.
설렘은 다가오는 발걸음을 기다리며 조마조마하게 떨리는 가슴처럼,
두근두근 뛰는 심장 속에서 무언가 중요한 일이 시작될 것만 같은 예감처럼.

설렘은 여름비가 내리기 전, 공기가 무겁게 눌려 있는 그때의 분위기 같아,
잠시 후, 시원한 빗방울이 나를 감싸면서 모든 것을 정화시킬 것 같은 느낌.
설렘은 마치 먼 곳에서 들려오는 목소리처럼,
어딘가에서 나를 부르고 있는 것만 같은,
그 소리에 반응하고 싶은, 되돌리고 싶은 마음 같지.

설렘은 그리운 사람의 손길이 내 어깨를 가볍게 스치는 듯한 따뜻함,
시간이 멈춘 것처럼, 그 순간에 세상의 모든 것이 나를 감싸는 느낌처럼,
설렘은 새로운 시작을 알리는 종소리처럼,
내 안에 가득히 울려 퍼지는 감동의 파동 같아.
설렘은, 살아 있음을 느끼게 하는 그 기운 같은 것.

눈보라

너는 유독 눈이 오는 날을 좋아한다.
참 거세게 내리는 눈보라를 보면서
웃음 짓는 너를 이해하려 노력했어.

나는 작은 눈사람 만들기를 좋아한다.
감각이 없어질 때까지 만드는 나를 보면서
행복한 너는 무슨 생각을 했을까,
지금 행복하긴 한 걸까 문득 겁이 났어.

만나고 싶을 때 말하면 달려와 주고,
힘든 날일 때 털어놓으면 기대게 해주고,
입이 간지러우면 토론해 주는 네가 좋아.

눈이 마주치고 손이 스쳐 가면서
서로의 마음을 따뜻하게 감싸줬고,
끝내 너와 나는 같은 마음을 확인했지.
그렇게 눈보라는 우리의 마음을 밝혀줬어.

1. 강대진

설렘 가득한 시작

시시때때로 흔들릴 때도

한번 잘해보자고 맘먹을 때도

실패하고 나서 좌절감에 상심될 때도

열심히 했던 안 했던 지쳤을 때도

잠시 쉬었든 푹 쉬었든

때론 못 쉬고 움직여야 할 때도

작든 크든 다시 시작하려는 맘

해보려고 시도해 보는 맘

겁이 나도 용기 내는 맘

자율적이든 강제든 따라가는 맘

시작은 늘 그렇게 설렘 가득한 맘이 있다

누가 어떻게 찾아올지

맘이 어떻게 변화될지

설레는 맘으로 늘 기다리는 중

두드려봐? 그 맘 설레게

1. 온채원

딸기맛 사랑

꼭지에 달린 초록색 이파리는

우리의 풋풋한 사랑을

상큼하고 달달한 과육은

우리의 환한 미소를

중간중간 박혀있는 씨앗들은

우리의 아픈 추억들을

겉을 뒤덮고 있는 빨간 표면은

우리 사이의 간지러운 설렘을

아,

우리의 사랑은

딸기맛이구나

1. 광현

매 순간이 소중한 설렘

당신을 보는 내내 떨림을 감출 수 없었습니다.
어떤 감정이었는지 묘사하기 어렵습니다.
그리고 당신에게 끌리는 이유를 알 수 없을 만큼, 제 마음은 설렘으로 가득 차 있습니다.
어떻게 표현해야 할지 망설여집니다.

매 순간이 소중하게 느껴집니다.
눈길이 마주칠 때면 마음이 설레고, 저절로 미소가 지어집니다.
함께 걷는 길은 더없이 행복합니다.
당신의 아름다움에 매료됩니다.

매 순간이 소중하고, 특별한 하루입니다.
시선이 마주칠 때면 마음이 설렙니다.

처음 만났을 때부터 지금까지,
당신을 볼 때마다 기분이 좋아지는 이유를 알 수 없을 만큼 설레고,
당신을 알아갈수록 더욱 호감이 커지는 것을 느낍니다.

2. 광현

그 설렘으로

소중한 추억들을 간직한 채,
밤하늘의 별들에 조용히 속삭였습니다.

설렘으로 시작된 순간들을 영원히 기억하며,
수많은 별을 바라보며 간직했던
사랑의 시간을 되새겨,
별들이 들려주는 우리 사랑 이야기로 다시금 설렘을
느껴보고자 합니다

믿음과 사랑, 그리고 이해심으로
늘 웃어주는 그대가 있어서 행복합니다.

처음처럼 설렘 가득한 마음으로 시작하여,
사랑으로 가득 채워지는 행복한 사랑을,
소중한 마음의 설렘과 함께하고 싶습니다.

1. 신선우

은하수 다리

내가 사랑을 써 내리고 있는 요즘이야.

그것도 내가, 어둠이 아닌 사랑을 쓸 것이라고는 누구든 불문하고 나라도 생각하지 못했던 거지, 그 밤하늘이 어둠 속에 박힌 별들의 외로운 모습이 아니라 그대와 나를 향해 찬란하게 쏟아지는 별빛이 되어 버린 거지. 지독히도 고집스러운 내 생각을 바꿀 수 있을 만큼 그 힘이 실로 대단하더라 이거야. 어찌나 매일을 그리워했는지 그 별들이 우리를 위해 다리를 수놓아 주는 꿈을 꾸길 셀 수 없어 차라리 별의 숫자를 세는 것이 빠를지 모를 일이더라는 거야.

1. 작은나무

꽃보다 책

'책'이라는 단어 하나에 마음이 꿀렁거린다.
여행, 휴가, 크리스마스, 사랑, 뮤지컬 등 설렘을 유발하는 몇 안 되는 단어 중 단연 으뜸은 '책'.
내게 책은 읽는 것이기도 하고 그 자체로 장식품이기도 하다. 책이 있는 공간은 그곳이 서점이든 카페든 집안 서재든 온화하고 곱다.

책을 본격적으로 좋아하게 된 건 13살 때였다. 어느 날 부모님은 높고 넓은 책장 2개를 다 채울 정도의 전집을 가득 들이셨다. 세계문학 전집과 한국문학 전집, 그리고 잿빛 담벼락의 벽돌 두께보다 더 두꺼운 우리말 사전까지.
작은방의 한쪽 벽면이 책으로 가득 채워진 그날부터 나는 그 공간을 사랑하게 됐다. 가만 바라보다가 가지

런히 꽂힌 책의 표지를 손으로 쭉 훑으며 느낀 양장의 부드러운 질감이 아직도 생생하다.

유명한 고전으로 가득했지만 당시의 내 눈엔 생소한 제목의 책들이 대부분이었다. 「바람과 함께 사라지다」나 「폭풍의 언덕」 같은 명작조차도 생경했기에 그야말로 문학의 신세계였다. 그 많은 책들 중에서 나름 신중히 고르고 고른 첫 장편이 바로 「바람과 함께 사라지다」였다.

장장 3권짜리였는데 무슨 호기로 그 책을 골랐던 건지 아직까지 의문스럽다. 아마 완독까지 몇 개월은 걸렸던 것 같다. 내용은 다 이해했냐 하면 전혀 아니다. 내용의 반도 이해하지 못한 와중에 흥미란 건 느꼈는지 틈만 나면 책을 펼쳤다. 그렇게 신나게 읽다가 '나는 읽고 있다'를 의식하며 읽게 되더니 2권을 펼쳤을 땐 재미가 반감돼 읽는 속도가 점점 느려지기도 했다. 누구도 부여하지 않은 의무감과 궁금증이 더해져 결국 끝까지 읽긴 했다. 덕분에 양장으로 된 장편의 외국 고전소설을 처음으로 완독했고, 마냥 좋기만 했던 것도 아닌 이 경험은 신기하게도 지독한 책 사랑으로 이어졌다.

책의 매력에 빠져 국어와 문학 수업을 제일 좋아했던 학창 시절부터 지금까지 수많은 책을 접하고 읽었다. 그때마다 확고해지는 건 책은 삶의 나침반 같은 존재라는 것이다.
어떤 상황에서든 해답은 책에 있었다. 내가 원하거나 내게 도움이 되는 내용뿐 아니라, 가끔은 책 속에 전혀 관련 없는 내용을 읽으면서도 나도 모르는 새에 적절한 통찰의 스파크가 일어나기도 한다.

언젠가 서점에서 분야별, 주제별로 꽂힌 책을 쭉 훑어보다가 멈칫한 적이 있다. 서가의 한 횡을 차지한 책들이 '괜찮다, 잘하고 있다, 당신은 소중하다'라고 말하고 있었기 때문이다. 책의 제목만으로도 위로를 받을 수 있다니. 이것이 바로 책의 위력이지 하며 속으로 호들갑 떨었다.
촘촘히 꽂힌 다정한 책만큼 내 성긴 마음도 설렘으로 차곡차곡 메워진 순간이었다.

1. 윤서현

사랑니 하나

사랑니의 통증이 우리-하다

따끔거리지도, 묵직하지도 않은

그러나 계속 지속되는 사랑하는 이의 통증

달빛처럼 사르르르

그리도 수줍게

한 발짝

한 발짝씩

내게로 차오르는 순백의 소년이여

간밤에 피어오르는 달빛에

심장은 아스락 아스락 타고 만다

사랑하는 이는
제 심장을 후덥지근하게 만든 것이
소년의 미소였음을
아는지 모르는지 ??

저기 뛰어가는 소년의 뒷모습이
사랑하는 이를
이 여름에, 이 통증에
가두는구나

새하얗게 물든 달이 만월일 제,
사랑하는 이는
사랑을 부여잡고 간절히 묻는다

인연은
우리로 하여금 사랑하게 할 것인가
나로 하여금 사랑하게 할 것인가

1. 글지은

민들레 홀씨에 남겨둔 설렘

설렘 가득 안고 새끼손가락 잡고 걷는 예쁜 꼬맹이
학교 운동장 가장자리에 피어나는 민들레를 좋아했어.
매일 폴짝폴짝 뛰어다니며 클로버들 사이에
노랗게 피어난 민들레를 손에 쥐고 해맑게 미소 지은 얼굴
괜스레 마음에도 설렘이 가득 차고 기분 좋더라.

노랑 민들레가 지고 피어나는 홀씨가 안개꽃처럼 예뻤어.
바람에 퍼져 나가는 민들레 홀씨는 꼬맹이도 웃게 해줬어.
팔랑팔랑 뛰어다니는 뒷모습 따라서 같이 후후-
불어가며 여기저기 퍼져가는 씨앗이
그렇게도 예쁘고 아름다워 보였어.

민들레는 네잎클로버처럼 기분 좋은 설렘이더라.

예쁘장한 꼬맹이는 웃음도 주고 안개꽃 휘날리듯
민들레 홀씨 날려주듯 초록빛 네잎클로버 같았어.
낡은 사진첩 속에 남은 즐거운 설렘이었어.
민들레 홀씨는 흔하디 흔한 세 잎 클로버처럼 많지만
흔치 않은 네잎클로버처럼 어디서든 찾으면
행운이라도 줄 것처럼 영롱하고 어여쁜 설렘이더라.

고마워. 설렘 가득 안겨준 나의 민들레.

이유

깊은 밤 적막에도 두렵지 않습니다
말 없는 주시에도 신경 쓰지 않습니다
얼어붙은 바람이 외로움을 데려오지 않습니다
과한 기대가 아는 척 붙잡지 않습니다
걸음에 걱정의 무게를 더하지 않습니다
마음 구석구석 환기하기 좋은 날씨입니다
선물 상자가 도착했습니다
당신이 보낸 평온이 내게 왔습니다

핑계

그래프로 치면
거짓말에 반응하는 탐지기의 그리기
해야 할 일을 하지 못한다

시간에 이리저리 치이기
허투루 보낸 하루 바라보기
앉았다 일어났다 서성이다 멈추기
감정 씨름에 나가는 게으름뱅이

평소 같았다면
나약함에 슬퍼져야 맞는 결론이
하나도 싫지 않고 밉지 않다

발뒤꿈치를 따라온 네 발 웃음 한 마리

왜 그러는지 안다는 듯 멍멍 짖기

누추한 내게 무언가 발견한 듯이

너란 문을 열어볼 아주 좋은 핑곗거리

1. 이지아

설렘

살며시 창가에 내려앉은 햇살처럼
오늘도 너는 조용히 내 하루를 비춘다

우연히 마주친 너의 눈길에
나의 심장이 먼저 너를 알아본다

네가 부르는 내 이름이
바람처럼 스쳐 지나가지만
나를 설레게 한다

너와의 모든 시간을 품고 싶다
오래도록 남을 수 있도록
잊히지 않도록

설명할 수 없는 기분
말로는 닿지 않는 감정

네가 있는 풍경 속에서
나는 너를 꿈꾼다

1. 이상현

두려움과 설렘

설렘 가득했던 일상이
얼마나 소중했던 것인지
왜 그때는 몰랐던 것일까

지금도 변함없이
가슴은 뛰고 있지만
설렘이라는 단어보다
두려움이라는 단어가
그 자리를 채웠다

길을 거닐다가 문득
스치는 바람에
뒤를 돌아보지만
발걸음도 닿지 않게

이미 멀리 떠나가 버린 채
흩어져 흔적만 남아있다

이대로 괜찮은 것인지
다신 오지도 않을지 모르는
그때 느꼈던 설렘을 향해
조심히 한 발씩 내딛는다
두려움이 다시
설렘으로 변하게 될 때까지.

1. 최병희

떨림의 상위개념

무어라 설명을 할 수 없게 얼어붙는다.

결과를 알 수 없음에 두렵기도 하지만
그 순간의 기분이 싫지 않고

다가올 좋은 일들이 기대되기도 하지만
그 순간도 지나가니 아쉬운

주변은 조용해지고 심장만 요동치는
그런 나를 볼 때 너를 만난다.

1. 황서현

그 떨림, 그 설렘

언제부턴가 내 의지와는 상관없이

심장이 요동칠 때가 빈번했다

무척이나 떨려서 손과 발이 가만히 있지를 못했고

무척이나 기뻐서 올라가는 입꼬리를 내리지 못했다

떨리고, 기쁜 순간에 빠짐없이 있었던 건

너

너를 만날 때마다 알 수 없는 감정이 들었다

그리고 그 감정이 무엇인지 쉽사리 알 수 있었다

이 떨림은 설렘에서 비롯된 감정이었다

그렇다, 나는 너를 보는 것만으로도 기쁘고, 설렜다

설렘이라는 감정은 조절하기 어려웠다
마치 스스로 떨림을 멈출 수 없는 것처럼

떨렸다,
너에게 말을 거는 순간에
너에게 자그마한 선물을 준비한 순간에

설렜다,
너를 만나는 순간에
너를 지켜보는 순간에

2. 황서현

아, 설렘이구나

너를 만나러 갈 때면
뭐가 그리 좋은지
입꼬리는 내려갈 생각을 안 하고

알 수 없는 이 감정과
어딘가 고장 난 듯한 느낌

이 모든 게 설렘이었다

너를 만나기 전부터
너를 만난 후까지
설렘이라는 감정에 파묻혀 있었다

얼마 만에 느끼는 감정인지
생각해 보기도 전에
자연스레 심장이 요동치고
자연스레 입꼬리가 올라가고
자연스레 알게 되었다

아, 설렘이구나

내게 오랜만에 온 설렘을 놓치지 말아야지

1. 고태호

이쁘더라

그 꽃 참 이쁘더라
장미처럼 매혹적이고
진달래처럼 정답고
개나리처럼 밝더라

그 사람 참 이쁘더라
남을 배려하는 마음씨와
적절히 꾸밀 줄 아는 외모와
또각또각 구두 소리 내는 섹시함이 좋더라

1. 달마지(손현민)

설렘 파일

네가 생각날 땐 교실의 아침 해로

우리 둘 마주쳤던 그날의 백년해로

지난 길 돌아볼 수 없는 부두 항로

그래도 우린 간다 내일의 아침으로

1. 김지안

당신께 보내는 마음

오늘은 바람이 살랑살랑 불어옵니다.

날씨는 당신이 웃을 때처럼 맑고,
목소리처럼 포근합니다.

햇살은 당신의 웃음을 닮은 듯 따뜻합니다.

창가에 얼굴을 맞대니
당신 생각이 몽글몽글 떠오릅니다.

당신을 보고 싶은 마음,
저 바람에 실어 보내드리니
당신께 닿았으면 좋겠습니다.

어제보다 오늘 더 당신이 좋습니다.
내일은 오늘보다 더 좋아질 것 같습니다.

이 마음이 어디까지 자랄 수 있을까 궁금합니다.

나뭇가지마다 연둣빛 새잎이 돋는 것처럼
당신이 내 안에 심어준 감정도 매일 자라납니다.

내일도, 모레도,
그다음 날도,
저는 계속 당신을 좋아할 것입니다.

1. 정세은

별

밤에도 날게 하는
하늘을 밝게 비춤이
낮에 항상 있는 햇빛보다
반짝여 보이는 마음이 가득하다

내 설렘은 날개 달아 별이 되었다

1. 안세진

설레임이란

첫눈처럼 내리는 마음
창가에 맺힌 서리 같은
희미한 떨림이 시작되고
아침 햇살 스미듯 조용히
가슴속에 피어나는 설렘
매일 걷던 길이 달라지고
늘 보던 하늘도 새로워져
발걸음마다 리듬이 생기고
숨 쉬는 공기도 달콤해져
떨리는 손끝으로 만지는
시곗바늘은 더디게 흐르고
창밖의 바람도 내 마음을
살며시 간지럽히는 듯해
기다림으로 부풀어 오르는

하얀 구름 같은 상상들이
내 마음속에서 춤추다가
푸른 하늘 위로 날아가네
설렘이란 이런 것일까
첫사랑처럼 순수하게
봄날의 새싹처럼 파릇하게
내 안에서 자라나는 희망
지하철역 계단을 오르며
우연히 마주친 그대 미소가
오늘도 내 하루를 수놓는
반짝이는 별빛이 되어주네
이렇게 설레는 마음으로
하루하루를 살아가는 것
그것이야말로 인생에서
가장 아름다운 선물일까
창가에 맺혔던 서리처럼
이 설렘도 녹아내릴까 봐
조심스레 숨죽여 간직해본다
내 마음속 봄날의 설렘을

1. 다래

보통날의 설렘

아무 날도 아니었다

단지 그날은 낮에 햇볕이 좀 따사로웠던 것 같고
단지 그날은 바람이 좀 차게 느껴지지 않았던 것 같고
단지 그날은 내게 좋지도 싫지도 않은 그런 날이었던 것 같은데

특별하기보단 평화
그래, 평화로웠던 날이었다

이런 날에 만난 너는

언제나처럼 눈이 반짝였고
언제나처럼 입가에 웃음꽃이 피어 났고
언제나처럼 잡은 손이 작았는데

유난히 나를 떨리게 한다

아, 내가 너를 이다지도 좋아하는구나

보통의 날에 스쳐 가는 평화에
너는 늘 설렘을 던져주며 나를 살게 한다

1. J

무언의

화사한 꽃들이 흩날린다.
지금, 이 찰나를 위해 함께 노래한다.
박수치듯 들려오는 바람결을 타고 눈 부신 햇살을 마주한다.

손에 잡힐 듯 잡히지 않는 장난스러움이 가득 담겨 눈앞에서 일렁인다.
아지랑이처럼 피어오르는 붉은 실이 나를 간지럽힌다.

차마 웃을 수 없는,
한편으로는 편히 웃고 싶은,

알 수 없는 감정.

2. J

찰나

폭죽이 피어오른다.

눈앞에 잠깐 멈칫하며 이내 꽃을 피운다.

꽃이 만개하는 소리와 함께

그림 속에 모두가 갇혔다.

잠깐일 뿐인 순간이 영원하기를 바랐다.

행복한 듯 들려오는 웃음소리,

그가 다가와 속삭인다.

하늘에 피어오른 폭죽이 요란하게 번진다.

1. 이지현

상상

가끔 나는 전생에 뭐였을까
다시 태어나면 뭐로 태어날까라는
상상 속 설렘을 느끼곤 합니다.

의미 없는 상상인건 알지만
생각하는 대로 이루어진다는
이런 듣고 싶은 명언들은
빠짐없이 기억하는 성격이라
진짜 원하는 대로 이루어지길
오늘도 밤하늘에 별에게 기도합니다.

아무리 힘들어도 책에서 꼭 나오는 대사처럼
당신은 언제라도 빛날 존재라는
한 줄기 희망만 지은 채로 삶을 살아갑니다.

그 이유는 내 삶을 바라보는 관점을 바꾸면
버려야 할 감정들이 비치면서
오직 나의 색깔을 더 빛나게 보존할 수 있으니까요.

2. 이지현

소박한 하루의 감정들

설렘이란 행복하다는 심장의 메시지
가장 많이 울리는 시간은
아침 기상 후 하품과 동시에 많이 느껴진다.

오늘 하루가 시작됐다는 느낌과 동시에
사실 매일 아침 눈을 뜰 때마다
내가 왜 출근을 해야 하는지
건방진 생각과 동시에 폭풍 세수와 이빨을 닦는다.

그리고 오늘 하루도 다크서클이 코까지 내려오는
설렘과 동시에 야근을 맞이한다.

이런 평범한 일상 속
벌써 3번이나 심장이 쿵쾅거리는 설렘을 느꼈다.

우리가 무의식적으로 많이 느끼는 감정인데
인지하지 못하고 지나쳐 버리는
감정의 텍스트이지 않을까 싶다.

모든 새로운 상황이 다가와 대입이 될 때마다
설렘을 느끼고
우리는 어김없이 그 설렘을 적용해
오늘도 내일도 모래도 일상을 헤쳐나간다.

설렘이란 그렇다.
바쁜 일상 속 느껴지지 않았던 heart beat 같은 것.

3. 이지현

설렘

세상에 영원한 지속적인 설렘은 없지만
지금 당장 불안하고 싶지는 않은 감정
누구나 원하는 그런 감정

시작이 반이라서
진행하자마자 그 과업이 잘될 것 같은 설렘
원하는 취직이 이루어진 설렘
원하는 대학에 입학한 설렘
여행을 즐기고 있는 설렘
사업이 잘되고 있는 설렘

모두 욕심이었다.

타인의 시선에 의식하지 말고
내 줏대로 내 길을 자신감 있게 걸어가는 게
가장 현명한 선택이었고

이를 달성하기 위해
스쳐 지나갔던 소리 없는
수많은 베풂의 손길들이
가장 소중한 것이었다.

모든 순간에는 이유가 있듯이
모든 목적지에도 수많은 설렘이 있었다.

당신의 인생에도 수많은 설렘이 축적되어
가뿐한 용기로 성공하시길 바랍니다.

1. 솔트(saltloop)

나중 설렘

나중의 설렘이 좋다
다소 투박해지더라도
투박함 속에 발광하는 돌처럼

작열하는 사랑의 온도
몸이 부서져라 서로를 안았던
세월의 압력을 느낄 수 있는

전율하는 처음 설렘보다는
태동 같은 나중의 설렘이 좋다

1. 최이서

나에게 너는

나에게 와주는
너의 시선에는
망설임이 없다

그런 너의
눈빛을 느끼면
마음이
설렘으로 소란해

그래서
더 깊게
더 짙게
너를 마음에 담고 싶어

1. 신윤호

스치는 순간, 머무는 마음

우연이었을까
그날, 길을 걷다 우연히 널 마주쳤을까
너의 손끝이 내 손끝에 스치면서
한순간, 공기가 달라졌다
그 바람은 차갑고, 그러나 또 따뜻했어
마치 네가 내게 불어넣은 숨결 같았다

바람은 내 볼을 스치며 지나갔고
심장은 깃털처럼 가볍게, 그러나 또 사라지지 않게 간질였다

너는 웃었지만,
그 웃음 속에 감춰진 뭔가가
내 안을 어지럽게 했다

아무렇지 않은 듯 너는 지나갔고,
나는 그 웃음 속에 갇혀 있었다

그 떨림은 내 안에 깊이 뿌리내리며,
조용히, 그러나 강하게 번져갔다
마치 물결이 일고, 그 물결이
내 마음속에서 오래도록 가라앉지 않았다

떨림은 점점 더 커졌고,
결국 그것은 내 전부를 움켜잡았다
넌 떠났지만,
그 순간의 공기와 그 떨림은
내 안에, 아직도 머물고 있었다

2. 신윤호

너를 알기 전과 후

너를 알기 전,

세상은 텅 빈 듯 고요했다

바람은 차갑고 단조롭게 스쳐 가고

달 없는 하늘 아래, 고요한 밤이

마치 시간이 멈춘 듯, 아무 소리 없이 이어졌다

내 마음은 그 고요 속에서

그저 텅 비어, 아무것도 없었다

너를 알고 난 후,

바람은 네 향기를 데려오고

그 향기는 마치 따뜻한 기억처럼

내 속을 스며들며 길게 남았다

그리고 그 밤,
달의 미소가 포근히 다가왔다
차가운 밤공기를 따스하게 감싸며
그 미소는 마치 너의 눈빛처럼 부드럽고,
내 모든 감각을 자극했다

그렇게,
너 하나로 바뀐 세상 속에
나는 멈춰 서 있다
시간은 다시 흘러가지만,
그 순간만큼은 여전히,
그 밤 속에 갇혀
너의 미소와 함께 숨 쉬고 있다

3. 신윤호

이름을 부를 때마다

너의 이름을 부를 때마다

입술 끝에서 떨림이 번진다

그 떨림은 목구멍 깊은 곳까지 퍼져

네가 들을 수 있을까 싶은 속도로

작고 가벼운 숨처럼 스며든다

네가 돌아볼까,

아니면 그냥 스쳐갈까

그 짧은 순간,

세상은 멈춘 듯,

내 심장만 크게 뛰는 걸 느낀다

그 짧은 순간이

한없이 길게 느껴진다

시간은 이미 지나갔지만
내 안에서는 그 순간이 계속 살아
너와 나만 있는 공간처럼

이름 하나에도
설렘이 숨 쉬고 있다
너의 이름을 부를 때마다
내 마음은 흔들리고,
그 이름 속에 숨겨진 모든 감정이
내 안에서 춤을 춘다

너 하나로 바뀐 세상 속에
나는 멈춰 서 있다
그 어떤 것도 중요하지 않다
내 눈앞의 너만이 세상이고,
그 세상에서 나는 조용히
너의 미소와 함께 숨 쉬고 있다

1. 강민지

첫사랑과 짝사랑의 만남

콩닥콩닥 뛰는 나의 심장을 잡아라.
온 힘을 다해 심장을 잡았지만
두근두근한다.

방글방글 웃는 너에게
나의 마음 들키라 얼음물을 부었건만
빙그레 웃는다.

이루어질 수 없는 사랑을
잡지 못하기에 오늘도 널찍이 떨어져 사랑했지만
이뤄내고 싶은 나의 어린 마음이 요동친다.

나의 사랑 좀 잡아주세요.
나의 사랑 좀 잡아주세요.

2. 강민지

새 학기의 첫날

바뀐 반을 따라 나도 성장했다 느꼈건만
새로운 반에 설렘은 언제나 똑같다.

친구들 따라 하하호호 웃던 나는
친구들과 잘 지내지 못할지 걱정이지만
새로운 친구에 설렌다.

새로운 반의 미닫이문도 안녕
새로운 반의 신발장도 안녕
새로운 책상도 의자도 안녕

벚꽃은 흩날리고
선도부의 호루라기 소리와
아이들의 소곤소곤 말소리가

10년 뒤에 그리워지겠지

아이들이 친해지라
레몬 사랑을 주고
아이돌의 덕질 이야기가 한창인 오늘이
10년 뒤에 그리워지겠지

설렘

널 품은 별 하나가
촛불이 되어
내 마음속 더 깊숙이
타들어 간다.

널 향한 두 팔이
돛단배 되어
내 가슴에 띄운 너와
사랑을 한다.

듣고 싶은 말 하나
너에게 두고
하고 싶은 말 하나
너에게 주며

오고 가는 설렘에 기억을 담고
주고 주는 입술에 향기 흘린다.

활짝 핀 꽃말에 약속을 하고
송두리째 뺏긴 마음 너에게 간다.

빛이 나는 설렘

반짝반짝 빛나는 건
밤하늘의 별만 있는 게 아니야..
지금 이 순간에도
땅 위에서 발을 딛고 있는 사람들 모두
그 존재만으로도
한 사람 한 사람 반짝반짝 빛이나...
그 빛으로 오늘을 소중히 보내다 보면...
오늘은 어제의 꿈을 이룬 날이 될 테고...
그리고 새로운 꿈을 꾸는 날도 될 거야...
그러면 내일은
오늘의 꿈을 이룬 날이 되는 거겠지...
누구나 깊고 어두운 마음들까지
가끔은 빛나주길 바라겠지만
햇살에 비춘 그림자로

더 깊은 그림이 짙어지게 될 때
밝음이 더 밝게 보이게 되고
삶을 더욱 견고하게
만들어주게도 하는 거니까
조금 더 용기를 내보는 거야...
할 수 없는 이유는 많지만
그럼에도 해야 하는 이유를
도전하는 설렘으로 찾아낸다면
밤하늘의 별처럼
빛나는 나로 살아가지 않을까
생각을 해봐...

손 편지

반쪽만 보고 반쯤은 담고
나머지는 그리움 되어
편지를 쓴다.

추억에 가고 기억에 남고
나머지는 기다림 되어
편지를 쓴다.

서성이는 붓꽃이
춤추듯 네게 가고
머뭇거린 떨림이
날리듯 네게 가면

건너간 내 손길이
소망이 되어
나에게 다시 오는
사랑이 된다.

손으로 써 내려간
마음 하나가
너에게 다시 가는
그리움 된다.

설렘

매일 달력을 봅니다
그날이 다가옵니다
당신이 저 멀리서 내게로 옵니다
이렇게 설레는 마음
그날 되면 어찌 되려는지
도통 잠을 이룰 수 없어
하얗게 밤을 지샙니다
그날은 지금의 설렘보다
더 설레면 좋겠습니다

설렘 그 후..

스치는 인연으로 와
내 곁에 머물던 그 자리
시작의 설렘은 짧고
그리움은 길게 남겨져
나를 괴롭힌다.

어디서부터 시작이었을까

좀처럼 깨지지 않을 것 같던
우리의 찬란한 순간에
작은 금이 서서히 벌어져

작은 틈으로 스며든
너와 나의 거리가
점점 멀어져 가고

그 짧은 설렘은
눈 깜빡이는 사이
사라져 버렸다.

넌 그렇게 떨어지는
저 별 어딘가로 사라져
밤하늘 어디에도
보이지 않는다.

마치 처음부터 없었던 것처럼...

1. 허단우

역설

때로는 어둠이
편안함을 주기도 한다
어둠이 지나가고 다가올 빛을
그 누구보다 더 눈부시게
맞이할 수 있을 거라는 믿음 덕분에

그러니 우리에게 닥친 불행을 원망하지 말자
앞으로 다가올 행복을
더 소중하게 해줄
준비 단계일 뿐이다.

1. 박지연

널 처음 본 순간

맑은 눈빛
은은한 미소
부드러운 말씨

착한 마음씨 가진 넌
날 항상 설레게 해

누구에게나 친절하고
봉사하는 너는

나보다 남을 위해
무엇을 해줄까 의논하고

겸손하고 이해심 많고
배려심 많은 넌 모든 사람에 희망이야

널 보면 설레는 건
너의 선행이 말하지 않아도
빛이 나기 때문일 거야

너에게

나에게 오늘이 있다는 건
내가 오늘을 살고 있다는 건

아직 내가 살아보지 않은
오늘의 설렘

아직 오늘 피어나지 않은
나의 설렘

오늘이란 설렘을 길로 놓으며
나의 너에게로 간다

너는 나의 오늘이 피워낸 꽃
너는 나의 오늘이 키워낸 열매

나도 너에게

움 틔우고

지켜내고

살아내는

설렘이고 싶다

설렘을 주는 아이

아이야
네가 웃으니 나도 웃는다

내게 설렘을 주는 아이
잠드는 어둠에도
뒤척이는 새벽에도
깨어나는 아침에도
너의 숨소리에 내가 설렌다

우리에게 설렘을 주는 아이
너의 두 눈이 웃을 때 우리가 함께 웃고
너의 마음이 맑음일 때 우리 집에 해가 뜨고
아이의 우주 속에서 우리가 설레인다

세상에 설렘을 주는 아이
주인공으로 울고 웃는 너의 무대를 응원하며
인생의 모든 시름을 내려놓고 편하게 숨을 쉬고
온 세상이 너라는 설렘을 안고 크게 웃는다

아이야
네가 웃으니
나도 웃는다
우리가 웃는다
세상이 웃는다

1. 최영준

겨울 목장

밀린 지 오래인 목적 위로
밀릴 뿐인 겨울이 찾아와
우리 속 양들의 털은
찐 지 오래였나 보다

털색이 조각낸 사진처럼
날아간 지 오래인 설렘을
손끝은 잊은 지 오래인 듯
영면에 떨림의 자리를 주고

이발기를 따르는 뻔한 길의 밑
사라질 흰 바닥을 보며 묻는
설렘이 영원에 도달할지의 여부

이후의 답을 찾기 위해 구르는
우리 바닥의 일부분에게 묻는다
너의 설렘은 얼마나 갈 수 있을지

1. 박주은

돕는 배필

스무 살, 봄
설렘마저
그의 오른손에 맡겼습니다

그림자조차 없는 여름
더운 숨을 들숨으로
기도를 기대로 불렀습니다

성큼 다가온 가을
고동색 구두를 신고
당신과 함께 걸을 길을 걸어봅니다

소복이 쌓인 겨울
당신의 동그란 눈을 보며
더 나은 사람이 되고자 다짐합니다

다시 돌아온 봄
사계절의 여운이 축복으로 퍼지는 날
그를 닮은 당신을 봅니다

당신의 배필이 되어
같은 정상을 보고 걸어갈
사뿐한 그날이 왔습니다

1. 김태은

그리운 봄

이제 나는 봄이 그립습니다
온 세상을 감싸던 봄바람의 온기가 그립습니다
풀꽃에서 풍겨오는 봄 내음의 웃음이 그립습니다
길거리를 메우던 봄노래의 설렘이 그립습니다

이 추운 겨울이 너무 오래 머물렀던 탓일까요
이 외로운 감정이 너무 깊게 가라앉은 탓일까요

그토록 바라던 겨울이 한없이 미워지려고 합니다
어느새 새로운 계절의 시작을 감히 꿈 꾸려 합니다
서서히 피어날 생명의 기운을 한껏 느끼고 싶습니다
이제 나는 봄이 그립습니다

포레스트 웨일

공동 작가

손 편지

네가 남긴 손 편지

올해로 네가 하늘의 별이 된 지 딱 20년이 되었어
20년이 지난 지금도 난 네가 그리워

가끔 편지 보관함에 담겨 있는 네가 학창 시절에 내게 건넨 손 편지들과 크리스마스카드를 볼 때면 가슴이 먹먹해

빛바랜 너의 손 편지는 꺼내 볼 수 있어도
내 곁에 너는 없다.

그래서 네가 쓴 손 편지가 슬픈 내용이 아님에도 불구하고
네가 너무나도 보고 싶어서
네가 그립고 그리워서

네가 남긴 손 편지를 다시 꺼내 볼 때마다
슬프고 슬프다.

3. 이겸

자국만 남긴

너에게 보낼 편지를 쓰고 있다,

한 글자 한 글자 꾹꾹 눌러쓰니

너에게 보내는 편지 하나
나에게 남은 자국 하나

다시 그 자국에 맞추어 꾹꾹 눌러써 본다,

한 글자 한 글자 꾹꾹 눌러쓰니

너에게 보내는 편지 하나
나에게 남은 자국 하나

보내지 못할 편지를 쓰고 있다

1. 정은아

TO. 당신에게 쓰는 편지

안녕.

너에게 오랜만에 편지를 쓰네.

나는 왜인지 모르게 오늘 밤에 네 생각이 많이 나.

나는 너를 아직 잊지 못했나 봐.

나는 잘 지내. 잘 지내서 내가 좋아하는 음악도 하고

사람들과 어울리며 연습도 하고

글도 쓰고 있어. 너는 어떤 대답을 해줄까.

잘 지낸다고 말하면.

내가 항상 힘들다고 말하면 너는 늘 미소 지으며

괜찮다고 말해주었잖아.

지금도 그때처럼 웃어줄 수 있을까.

우리가 다시 만난다면.

사람들은 우리들의 마음을 전부 그만두라고 했어.

너를 위해서. 그리고 나를 위해서.

그런데, 네가 다시 생각이 나는 건 왜일까.

우리는 서로를 배려하며 좋아했지만

이별은 한순간이었어.

너의 대답도 망설임이 없었어.

항상 궁금했어. 너는 왜 망설임이 없었는지.

그 이유를 알고 있음에도 늘 도망치고 싶었어.

결국의 그 문제는 나한테 있었던 것 같아.

형태는 존재하지만 속의 형태는 존재하지 않는

내 모습을 보며 싫었을 거야.

미안해.

너를 좋아한 나를 용서받을 수 있을까.

고마워.

그때, 나를 진심으로 좋아해 줘서.

나를 싫어하는 사람은 없을 거라고 말해줘서.

그 한마디가 늘, 나를 일으켰고 그래서, 항상 고마웠어.

나는 이제 너를 내 마음속에서 지울 거야.

계속 지워나가고 있었지만 이제는 나를 위해서

너를 있는 힘껏 지워 내버릴 거야.

두고 봐.

내가 얼마나 잘나가는지. 너보다 잘 나갈 거야.

그러니까 너도 잘 지내야 해.

우리는 만날 수 없는 사이가 되어버렸지만

이제는 괜찮아.

잘 지내.

안녕.

From.너에게 닿길 바라지 않는 내가.

2. 정은아

To. 선생님에게

안녕하세요, 기억하실지 모르겠지만, 저 은아예요.
중학생 때 선생님과 이별하고 나서
처음 쓰는 편지네요. 저는 선생님의 생각이
살면서 자꾸만 생각이 나요.
중학생 때, 선생님과 이별한 후로 저는 아주 아파했어요. 그럼에도 선생님께서 예전에 했던 말씀이
자꾸만 떠올랐어요.
'은아는 나중에 어른이 되면 아주 많이 예뻐질 거야.'
그 한마디가 친구 하나 없던 저를 힘나게 해주셨죠.
감사하다는 말씀을 남기지도 못한 채
선생님은 멀리 가셨네요.
고마웠어요. 선생님. 저는 기억에 없었지만
선생님과 이별하고 난 후로 저희 어머니에게
부둥켜안고 엉엉 울었다네요.

선생님이 너무 보고 싶어서 그랬나 봐요.

선생님! 저와 함께 식사해 주셔서 감사했어요.

저에게 해주셨던 말 한마디 한마디가 마음에 와닿아,

지금도 여전히 힘들 때마다 살아갈 힘이 생겨요.

그곳에서는 잘 지내고 계시죠?

만난 지 꽤 오랜 시간이 흘렀지만 저는 여전히

선생님을 좋아합니다. 감사해요, 항상.

고마워요, 항상.

안녕!

From. 은아 올림

3. 정은아

To. 너에게 쓰는 편지

안녕,

하고 싶은 말은 많지만

할 수 있는 말은 존재하지 않아.

말하고 싶었지만 그 대답에서도 도망쳤어.

나는 어린아이처럼 애쓰며 울었어.

속으로 나는,

그만 울고 싶다고 했고 그만 아프고 싶다고 했어.

하루하루가 가면 갈수록 아팠고

나는 그저 사랑받고 싶었을 뿐이었어.

너에게 나는 어떤 사람이었어?

나는 그저 이해받기를 바랐을 뿐이었는데,

사람들은 그것들을 받아줄 수가 없다고 한 것 같았어.

물론, 내 생각이야.

나는 지금도

마음이 깨진 유리창처럼 손을 닿으면 부서질 것 같아.

와장창하고.

나는 웃긴 농담을 해도

받아줄 수 있는 사람이었으면 좋겠고

마음이 바다처럼 넓고

나를 이해해 줄 수 있는 사람이었으면 좋겠고

하늘처럼 모든 걸

나를 사랑해 줄 수 있는 사람이었으면 좋겠어.

그런 사람이 내게도 올까.

이 편지를 쓰고 너에게 닿기를 바라.

너는 나이고, 나는 너여서.

너는 어떤 하루를 맞이하게 될까. 너는 어떤 사람을

만날까. 어떤 삶을 살아가게 될까.

이 편지들은 너에게 닿지 않기를 바라면서도

나는 아직도, 여전히 네 생각이 많이 나.

미안해, 이런 나여서.

고마워, 이런 나를 좋아해 줘서.

너는 나이고, 나는 너여서 사랑해.

From. 나에게 쓰는 편지.

1. 김채림(수풀)

실반지를 끼워주며

이 사랑을 어찌합니까

네 안에 맺어진 곳은

아직 남겨진 것을 못 버리고

심장 가운데

따뜻함과 아픔에 늦지 않도록

고운 손에 실반지를 끼워주며

내게 웃어줬던 그대여...

한평생, 너를 향한 발걸음도

한낱 꿈에서라도 오랜 추억들이

당신과 함께 할 것을

2. 김채림(수풀)

별을 닮은 당신을 만나

밤이면 별들이 빈 가슴에
살랑살랑 마음을 흔들리게 하는
설렘으로 기다려지는
한 사람
상상할 수 없던
모두에게 못 잊을 빛을 주고
별을 닮은 당신을 만나
어두웠던 시야가 열리기 시작해
우리에게 영원히 반짝이길

부치지 못한 편지

당신이 지금
어디서 무엇을 하는지
어떻게 지내고 있는지
너무 궁금해서

이 사랑을 표현하지 않고는
답답함에 미쳐버릴 것 같아서

종이 위에
생각나는 대로
적어 보는 글자들

부칠 주소를 몰라서

서툰 내 글솜씨를 들키기가 창피해서

나라는 사람을 당신 앞에 드러낼 용기가 없어서

이런저런 핑계를 대며

부치지 못한 편지

언제쯤이면

쌓인 이 편지들을

부칠 수 있을까요

선연

새빨간 우편함을 본 건 오랜만인 것 같아
백지일지도 모른다며 꺼낸 봉투

나와 아주 몰랐던 시절의 너를
자주 생각한다
지난여름에
단 한 번 디뎌본 땅을 그리워하면서

마지막으로 본 게 언제인지
밤새우지 않을 수 있었던 때를 떠올린다

죽 이어진 눈물이 끊겼다
그 자리 그대로 발걸음을 옮길
수없는 날들은 어떤 오후를 상기시켜서

바닷물에 발을 담그면 이상한 느낌이 들어
왜인지 이번 여름에는
아무도 깨어지지 않을 것 같은 아무도
찢기지 않을 것 같은

손에 든 봉투를 수평선으로 흘려보낸다

봉투를 여는 상상을 했다 그 안에 무엇이 들었든
물속에 천천히 퍼지는 잉크 아마
수없는 나열 ,네가 바라보는 나의
그게 어색해서 한 번도 써 본 적 없는 편지

저울에 올리면 저울이 부수어질 것 같은 무게
편지봉투 안에 담긴 마음이 펑 하고 터져서
어느 곳에 버려도 튀어오는 파편

어딘가의 구름으로 띄워 보낼게
이건 긴급 우편이니까 우표는 없어도 돼

사실 그저 내가

깨어지지 않기를 부수어지지 않기를 바랐다

기어코 열었다면 내가 눈을 마주쳤을

꾹꾹 눌러쓴 글자 속의 압축된 진심

비가 오기 전에 돌아와

부디 같이 여름을 보자

연초록

설익은 사과를 베어 물었다 당연하게도 떫었다
사과가 떫을 수 있는지는 몰랐다 아니 사실은
떫은 게 뭔지도 몰랐던 것 같다

설익은 사과를 풋사과라고 하던가 그건
설익은 게 풋풋해서일까,
넌 어떻게 생각하는지

그거 기억나니 하고 시작하는 물음표는 언제나
그래 웃음 아니면 눈물로 끝나는데
우리는 대부분 눈물이었던 것 같아

어느 여름날의 빈 교실에 혼자 앉았던 기억
햇살 너머로 들이붓는 초록에 눈이 따가웠었는데

눈이 따가운 기억으로도 눈물이 난다

다 지워진 그럼에도 남은 자국의 끝자락에 서 있어
왜인지 약간 초록으로 보여, 지우개가 초록이었을까

아마 이 잔상은 영원히 남을걸
왜냐면 그냥 내가 그렇게 정했으니까

조금만 조금만 더 닿길 바랐던 밤이
하루하루 더 많이 늘어날 때마다 수많은
초록
나를 스쳐가는 것 같아 그 기억들이 수많은 푸름으로
변해서 내 눈꺼풀 아래 숨겨둔
중간엔 잠깐씩은 너와 눈이 마주쳤었던 것 같기도 해

그럼 이만 줄일게
이번엔 꼭 답신 좀 줘, 그리고

초록색 자국은 신경 쓰지 마.

내가 보내는 편지를 읽긴 읽는지
그냥 쓰레기통에 던져 버리는 건 아닌지
아니라면 어떻게 답신이 한 번도 없을 수가 있어

너무 길어서 읽지 않는 건가 싶다가
그래도 짧게 쓰면 너를 다 담을 수가 없는데
하고 또 잉크에 펜촉을 담근다 깊이 더 깊이

그리고 쓴다 초록으로
잉크가 번져도 상관없어 다시 꾹꾹 눌러쓴다

윗줄에 더 윗줄에 지워도 남은 초록 자국
그리고 몇 번을 다시 쓰는 똑같은 문장
그건 아마 진심이라고 불리는 첫사랑
앞의 모든 게 어찌 되었든 간에

설익은 사랑은 떫지 않길 바랐어

1. 윤백예

구겨진 손 편지에는

사랑한다고 말하기에는
내가 너무 초라해,
나는 너에게 손 편지를 보내

사랑한다는 말은 하기에는
네가 너무 빛나서,
나는 오늘도 고민만 하고 있어

사랑해, 네가 너무 많이 들어본 말이겠지
좋아해, 이건 내 마음을 담지 못할 것 같아

내가 너에게 보내는 구겨진 손 편지에는
나의 오래된 마음만이 담겨있게 할게

2. 윤백예

너에게 보내는 편지

나의 사랑에게

너의 뒤로 비쳐오는 햇빛이 무색하게도
너는 너무 빛나서
나는 눈을 감아버렸어

눈을 감아도 느껴지는 네 미소
그게 나의 모든 것이었어

잘 지내? 라고 묻기에는
이미 우리는 너무 멀어졌네
이 손 편지를 접어 날리면
너에게 도착할까 하늘을 떠다닐까

언젠가 너에게 이 손 편지가 도착한다면

내 생각 한 번만 해줘

3. 김예빈

마음지

당신의 손길이 닿은 종이 위에
내 마음이 한 글자씩 내려앉습니다.
흘러내린 잉크처럼,
그 안에 담긴 마음이 선명히 피어납니다.

굳은 종이 속에서
당신의 온기가 전해지고,
잊지 못할 이야기들이
조용히 속삭여집니다.

몇 번이고 다시 열어본 편지,
마치 먼 길을 떠나던 사람처럼,
그리움과 기다림을 품고
내 손끝에서 다시 살아나고 있습니다.

당신의 글자 하나하나가
내 마음의 작은 문을 열고,
조용히 들어온 그 말들은
시간을 넘어 우리의 거리를 좁혀갑니다.

손 편지,
그 작은 종이 위에서
우리는 다시 만나고,
서로의 온기를 나눕니다.

달밤

안녕 오늘도 아름다운 사람아
오늘은 달이 참 아름답게 뜬 것 같아
우리가 같이 길을 걷던 그날을 기억하니?

너는 어땠을지 모르겠지만
나는 아직도 그날을 잊지 못하고 헤엄쳐
달과 함께 고기를 구워 먹던 그 밤은
아마 누구와 밤을 지내도 못 잊을 거야

너는 내가 서운했을까 걱정했는데
나는 네가 싫증 났을까 걱정했나 봐
그래도 결국 좋아하는 마음은 같았지

지금도 달을 보면 네가 떠올라

너도 달을 보면 내가 떠오르니?

달을 알지만 다가가지 못하는 것처럼

너를 알지만 멀리에서 바라만 보려고

2. 온채원

손 편지

얼마 전 너에게 건네받은 책 사이에
조그만한 카드가 들어있었어

어머, 편지인가 봐

펼치기 전에는 기대와 설렘이 넘실거렸어
다른 친구들에게 받은 수많은 경직된 문자들보다
너의 서툰 손 글씨가 더 예뻐 보였지

근데 왜 나는 읽으면서 웃지 못했을까
왜 그 카드만 붙잡고 주저앉은 채
눈물만 뚝뚝 흘렸을까

너의 흔적이 혹여나 지워질까 봐

내 서랍 속에

내 머릿 속에

내 마음속에

고이 접어놓았어

오늘도 네가 생각나는

유난히 서글픈 밤이야

2. 강대진

편지

숨바꼭질하는 별이 꼭꼭 숨어버린 어둠 가득한 밤
별빛의 환함 같은 희망! 너에게 남길게.
사랑의 말로 또다시 밝혀주리란 희망의 불빛 편지

뭉게구름 사이로 보이는 환한 달빛
두 손 모아 빌고 담은 전하는 마음 소원
편지에 담은 맘이 너의길을. 밝게 비춰주길

소리 없이 바람처럼 시원하게 닿을 나의 마음 편지
알수 없는. 세상! 너의 곁에서
항상 함께 알아가고픈 나의 마음임을

저 하늘의 반짝이는 별들과

밝게 빛나는 달을보며

너에게 다짐한. 끝없는 사랑의 약속편지

시간이 지나도 변치 않을 너를 향한 나의 마음임을

믿어줘

알 수 없는 세상 속 어느 곳에서도 함께 알아갈

헤쳐나가겠다는 나의 약속들

편지에. 내 맘 써 내려가

할 말이 많은 나의 마음

너가 알아 볼 수 있도록

작은글씨로. 빽빽하게

지금처럼

3. 광현

편지지에 남은 자국들

가슴에 묻어둔 사랑을 담아 너에게 쓴다
부끄러운 마음을 알아주길 바라며 쓴다

숨길까? 하는 마음은 조심히 감추며 쓴다.

너를 사랑하는 하루는 당연한 하루이기에
좋은 기억을 떠올리며 한줄 한줄 적어 내려간다.

좀 더 다가가지 못했던 미안한 마음을 담아 쓴다.

하늘을 닮은 너의 모습이 떠오르고
푸르름 너의 목소리에 잠겨
한 송이 피어나는 꽃처럼 마음을 담아 쓴다.

그렇게 써 내려가 마음들은 전하지 못한 채

한 통 두통 늘어가는 편지가 되었고

마지막 편지지에 남은 흔적은 똑같은

글자의 자국들만 남아 있었다.

1. 백현기

세줄 편지

어렸을 때부터 새로운 환경에 적응하는 일이 어려웠다. 소심한 성격 탓도 있었지만 지금 와 생각해 보면 '꾸중', '질책', '미움' 받는 걸 무서워했던 탓이 컸다.

외동아들로 자랐다. 그래서였을까, 부모님께 꾸중을 자주 들었다. '혼자 자란 티'를 내면 안 된다는 이유에서였다.

직장에서도 업무 관련 회의를 진행할 때 잘못된 점을 지적 기라도 할 날엔 퇴근 후에도 남아 일을 마무리해야 한다는 강박이 있었다.

"백 과장님, 오늘도 야근하세요?"

"아, 요것만 해결하고 퇴근하려고요. 먼저 퇴근하세요. 신경 써주셔서 감사합니다."

사무실 문을 닫고 가는 사람들의 등에서 눈을 떼 모니터로 향했다. 두고두고 회의가 마음에 걸렸다.

남들은 '별일 아닌 것 가지고 호들갑 떤다'라고 했지만 '잘못했다는 말' 한마디가 세상에서 가장 듣기 싫은 말이었다. 실수보다는 '칭찬', '인정'을 원했다.
티 내지 않으려 노력했지만 마음 한편 불만이 쌓였다.
불안했다. 또 실수하면 어떡하나 걱정했다.

그렇게 생각해 낸 게 '세줄 편지'였다. SNS에서 '세줄 일기'라는 일종의 도전과 인증이 반복되고 있었는데 그걸 따라 하기로 했다.
일기는 오늘 있었던 일에 초점이 잡혀 있는 반면 세줄 편지는 오로지 내일과 미래를 생각해 남겨두는 기록이었다.
반성하고 하루를 마무리하는 것보다는 '배움'으로 받아들이고 어떻게 '성장'으로 이어 갈 수 있을지 내일의 나에게 전달하는 편지 형식의 '숙제'였다.
시간은 퇴근 전, 방법은 포스트잇으로 세줄 미만으로 남겨두기로 했다. 오늘이 아니라, 내일 아침 이 편지를 읽을 내가 최대한 긍정적으로 생각하고 업무를 연구하는 태도를 가질 수 있도록 썼다.
그리고는 전원을 끈 모니터 정중앙에 잘 보이도록 부

착해 뒀다. 출근하자마자 읽어보라는 메시지였다.
책을 많이 읽고 있던 터라 이른 아침, 업무 시작 전 5분 정도 편지를 읽고 한 두 장 책장을 넘기다 보면 전반적으로 뇌까지 예열시키는 기분이 들었다.

처음부터 메시지의 편지 쓰는 일이 쉬운 건 아니었다. '나아지는 게 있을까?', '괜한 일하는 건 아닐까?' 했지만, 반복하니 무덤덤해졌다. 옆자리의 여자 동료 역시 '남자인데도 아기자기하다'라는 말했다가도 이제는 은근슬쩍 의자를 내 모니터 쪽으로 당긴다.
자꾸만 흔들리는 나에게 '잘하고 있다'라고 위로하고 싶었다. 남에게 받는 위로 보다 스스로 하는 위로가 효과가 더 컸다. 오늘의 나와 내일의 나 사이,
메신저로 이어지다가 점점 빈도가 뜸해졌다.
대신 열 줄, 스무줄 일기, 수필을 쓴다. 그만큼 부는 바람에 이리저리 뒤흔들리기보다 단단히 내 중심을 잡고 앉아 글 쓰는 시간이 더 큰 응원이 되고 있는 셈이다. 세 줄에서 시작된 응원이 앞으로도 내일의 나를 든든히 받쳐줄 방벽이 되어주리라 믿는다.

25년 시작한 이후로는 세줄 편지 대신 장편의 글을 써야 하는 기회가 생겼다. 24년에 이어 잇따른 공저 출간 덕분에 또다시 공저에 참여할 수 있게 된 것이다.
이제는 내가 아닌 남을 위한 편지를 쓴다. 나아질 수 있다는 희망과 위로의 메시지를 담아 선물하고 싶다. 독자에게 돌아오는 답장 격인 관심과 사랑은 또 나를 쓰게 만들 것이다. 나의 편지 쓰기는 앞으로도 멈추지 않을 것이다.

들송이

임에게 들 송이 하나를 건내며-

임아 작은 잎, 바람 따라 달아나거든 그저 가슴 속에 덮어두시오.

시들지 않도록 책 한 편에 자리를 내어주시오.

하일(夏日)에 임의 아이가 우연히 펴낸

책 가장자리에 베인 들송이의 냄새를 맡으며 나를 읽어주시오

2. 작은나무

마음을 쓰다

어릴 때 내게 편지를 쓴다는 건 부끄러운 행위였다. 누군가에게 하고픈 말을 굳이 글로 쓰는 것과 그것을 전하는 과정이 큰 산처럼 느껴졌다. 별 내용 아닌 걸 썼더라도 상대방에게 그것을 전하며 거북하게 두근거렸고 편지지를 펼쳐서 읽는 상대의 표정을 살피며 죄지은 사람처럼 눈치를 보곤 했다.

그러던 내가 편지라는 것을 다른 태도로 대하게 된 계기가 있었다.

중학교 때 내내 붙어 다니던 단짝 친구가 있었다. 졸업 후 다른 고등학교에 다니게 되며 서서히 멀어졌는데, 어느 날 우리 집 우편함에 친구가 보낸 편지가 와 있었다. 친구는 그 당시 인기 있던 패션잡지를 잘라 편지봉투를 만들고 페이지를 찢어 편지지로 썼다. 모델이 한껏 포즈를 취한 사진 옆 여백에 빼곡히 친구의 글씨가 채워져 있었다. 그 한 통의 편지를 시작으로 서로 간에 수십 통의 편지가 오갔고, 편지를 나누는 동안 그 친구와의 연결고리가 정답게 이어졌던 것 같다.

친구가 처음으로 내게 편지를 보내온 그 이후 나는 편지의 매력에 푹 빠져버렸다. 친구가 했던 것처럼 잡지에 편지를 써서(글씨보다 여백이 더 많았던 패션잡지는 꽤 멋진 편지지였다) 매일 학교에서 보는 친구들과 매번 새로운 내용으로 채운 편지를 교환하기도 했고, 휴대폰으로 전할 수 있는 말들을 일부러 작은 메모지나 편지지에 써서 전하기도 했다. 누군가의 특별한 날에는 특별한 마음을 담아 편지를 쓴다.

문구점을 둘러보다 예쁜 편지지나 카드를 구경하는 것도 재밌는 일이다. 누군가를 생각하며 고른 편지지에 내 마음을 새긴다는 건 얼마나 의미 있는 일인지!

여행지에서 호텔에 가면 화장실 다음으로 편지지와 편지봉투를 구경한다. 여행하는 순간의 설렘에 호텔 객실의 고요함이 더해지면 제법 많은 이야기가 하고 싶어진다. 그래서 그 순간을 온전히 느끼며 편지를 쓴다. 호텔 내에 비치된 편지지와 봉투를 한 장씩 챙겨 오는 것도 잊지 않는다.

내가 누군가에게 편지를 쓰고, 누군가가 내게 편지를 쓴다는 건 새삼 많은 감정과 시간이 필요한 일인 것 같다. 한 자 한 자를 쓰면서 상대를 내내 생각하기에 진심일 수밖에 없다. 내가 생각하는 편지는 그렇다. 상대와 나의 서사를 부분 부분 잇게 해주는 것.

문득 편지를 쓰듯 대화를 하면 종종 찾아오는 불편한 감정과 오해가 많이 해소될 것 같다는 생각이 든다.

2. 윤서현

오늘의 사랑을 뿌리며

첫 만남부터 지금까지
남들이 하는 것처럼 평범한 사랑을 했다
내가 쓴 편지가 다른 것과 뒤섞여도 될 정도로

우리 사랑이 특별하다고 할 수 있는 이유가 있을까?
기록되지도 않고, 남들이 기억해 주지도 않는
이런 시시콜콜한 사랑 얘기를
편지에 써도 되는 걸까?

우체국에 편지를 부치며 고민하다가
이따금 저 수많은 편지의 냄새가 다른 것을 깨닫는다
아, 편지를 부친다는 건 평생 뿌릴 향수를 바친다는 것
오늘 사랑의 농도, 속도, 온도를
내 문장에 고이 담았으니
향수처럼 뿌리고 뿌려도 또 읽고 싶은 편지가 되겠구나

언제든지 원할 때마다

지금 내 마음을

네가 펼쳐 볼 수 있다는 것만으로

우리의 사랑 편지는 특별한 것이 된다

1. 은지

연애편지

서로 주고받는

사랑의 편지

천천히 읽다 보면

나의 연애도 손 편지

에 가득 담고 가길

사랑과 마음을

담아 쓴 사랑의 편지라네

2. 은지

마음을 담은 편지

마음을 전달하면서
손 글씨로 끄적이면서
써 내려가니

어떻게 전할까
고민하다가 천천히
써 내려가네

고마움과 감사를
담은 내 마음의 편지라네

2, 글지은

빨간 우체통, 그리운 손 편지 한 장

손 편지 한 장에 가슴 설레며 당신 얼굴 생각한 적도 있었어.
우체부 아저씨의 부릉- 하는 오토바이 소리가 기다려지더라.
매일 같은 시간에 오시는데 매번 기다릴 때마다
'오늘은 왜 이렇게 안 오지?' 혼자 안절부절못하게 되더라.

어느 날 갑자기 집 앞 우체통에 종이봉투가 끼워져 있으면
당신한테서 온 편지일지도 모른다며 후다닥 뛰어나갔어.
기대에 부풀어 뜯어본 손 편지에 당신 글씨가 삐뚤빼뚤
악필로 쓰여 있는 게 보이면 저절로 웃음이 나더라.

손 편지를 읽는데 왜 그렇게도 더 그리워지는지
정말 눈앞에 당신이 와있었으면 싶었어.
버스 타고 시내에 나가서 고민 끝에 고른 편지지에
서툰 표현들로 꾹꾹 눌러 담아서 손 편지를 쓰는 게
그렇게도 행복해지는 일이었더라.

예쁘게 접어서 빨간 우체통에 살며시 밀어 넣는
편지들도 향기로운 기쁨으로 당신께 도착하기를.
자신도 모르게 소중한 마음으로 당신 생각을 하게 되
더라.
그때는 봉투에 들어 있는 정성스러운 손 편지가
세상에서 제일 멋진 당신의 프러포즈 같더라.

보낸 사람은

글자 안에서 너만을 사유
원인도 없이 설레는 이유

종이에 채울 진심을 고심
틀리기 싫어 떨려도 조심

고민을 가볍게 하는 게 장점
봉투에 담기는 기대는 정점

추억 한 소절을 새겨둔 팝송
지울 수 없었던 기억에 전송

2. 이지아

손 편지

바람이 닿지 않는 곳에도
온기가 전해지는 순간이 있다

어설픈 글씨에
눈물 자국으로 번진 잉크 속에
마음이 내려앉는다

천천히 써 내려간 한 줄
지우고 다시 쓰는 것을 반복하는 망설임까지
모두 네게 가는 길이 된다

시간이 흘러도 바래지 않는
종이 위의 약속들처럼

목소리보다 느리지만
더 깊이 가닿는 말들처럼

네 손에 쥐어진 작은 종이가
내 마음의 전부였다는 걸
네가 알아주었으면 좋겠다

3. 이지아

때 묻은 손 편지

한때는 네 손에서 반짝이던 종이는
지금 내 손에서 바래고 접힌 자국뿐이다

구겨진 모서리에 걸린 시간들
네게 닿은 뒤에도 흐르던 나의 마음
잊히지 않으려 꾹꾹 눌러쓴 글자들

너는 이 편지를 몇 번이나 읽었을까
너의 서랍 속 어딘가에서 먼지와 함께 잠든 건 아닐까

대답 없는 편지는 흐릿해지지만
내 마음만은 여전히 선명한데

나는 잊지 못하는데

너는 나를 잊었을까

2. 이상현

닿을 수 없는 편지

새하얗게 뒤덮이는 풍경을 보며
과거의 기억을 떠올린다
그곳에도 지금 눈이 오고 있을까
설령 오지 않더라고 하더라도
이 순간에 담은 지금의 시간은
편지에 언제까지나 그대로
남아있을 테니까 상관없겠지

시간이 유수같이 흘러가도
언제나 변하지 않고
그 시간에 머물러 있는
저 하늘 너머 닿을 수 없는 곳에
어딘가에 있을 너에게
닿지 못할 편지를 적는다.

3. 이상현

바람에게 하는 부탁

겨울이 점점 끝나가면서
봄이 다가오는 소리가 들릴 무렵
소식을 미리 전하고 싶어
따듯한 온기를 담아
편지에 같이 넣었습니다

지금은 같이 시간을 보내지 못하지만
함께했던 소중한 시간들을
여전히 간직하고 있기에

밤하늘에 빛나는 별처럼
그 기억들은 여전히 가슴속에
찬란하게 빛나고 있으므로
언젠가 다시 만날 날을 기약하며
바람에게 전해달라고 부탁해 봅니다.

2. 최병희

마음이 그려야 하는 것

좋아하는 마음은
손이 손을 처음 만나는 날만을 그려선 안 된다.

손으로 그 사람에게 글씨를 적어 전하는 날
오롯이 나로서 네게 다가가는 날

처음에는 그마저 잘 보이려 꾹꾹 눌러쓰는 날
그러다 네 생각만 가득히 그저 쓰는 날
내 손이 네 눈을 마주치는 날

그런 날을 그려야 마음이다.

3. 최병희

아빠 편지

목소리가 담긴 글씨는 눈으로 듣는다.

나를 안심시키는 당신의 말투
내가 닮고 싶은 당신의 발자취
그런 것들이 담긴 글씨는 영원히 숨 쉰다.

종이에 새겨진 당신
그 앞에 나도 영원히 어린이다.

3. 황서현

서툰 손 편지

서툰 글씨지만 하나하나 정성스레 썼어

네가 나중에 본다는 생각에

내 모든 감정을 녹이려고 애썼어

또박또박 쓸까?

귀엽게 쓸까?

마음에 들지 않는 손 편지는

바로 구겨 버렸어

쓰다 보면 글씨가 예뻐질까?

쓰다 보면 감정을 녹일 수 있을까?

그렇게 여러 질문을 남긴 채

서툰 손 편지가 완성됐어

2. 고태호

씁니다

내 기억 속의 아픈 흔적들을
찾고 다시 그 일들이 일어나지
않기를 바라며 글을 씁니다

형식에 얽매여있는 삶의
하루에 지쳐갈 때면 그 일들을
통해 하루의 감정을 씁니다

외로움에 익숙해져 있는
나의 이런 청춘에도 외로움을
탈피하기 위해 슬픈 심정을 씁니다

1. 조현민

그녀를 위한 나만의 작은 이벤트

나는 매일 하루가 끝나는 무렵 내가 좋아하는 그녀에게 편지를 써주면서 그녀의 하루 마무리를 행복하게 끝내준다.
학교 기숙사에서 지내고 있을 때 문득 그녀에게 손 편지를 써 주고 싶은 마음이 생겨서 그때부터 쓰기 시작했다.
처음에는 뭐라고 써야 될지 고민을 많이 하고 인터넷을 찾아가면서 지우개로 썼다 지웠다 무한 반복을 하곤 했다. 처음 쓸 때는 내가 그녀에게 해주고 싶은 말들로만 구구절절하면서 썼는데 그렇게 하다 보니 무슨 말인지도 모르겠고 그래서 지금은 내가 그녀에게 해주고 싶은 말들과 함께 그녀가 처한 상황에 맞게 편지를 매일 써주고 있다. 내가 그녀를 위해 할 수 있는 작은 이벤트이다.

사랑의 언어

네게 굳이 손 편지를 쓰는 이유
내 마음 너무 커 꾹꾹 눌러써
글로 표현할 수밖에 없고
내 손이 닿고, 내 마음이
이 작은 종이에 담기기 때문이다
"사랑해"라는 말 대신 할 수 있는
나의 최선이니까

무거운 편지

이 새벽 청승맞게

편지 낱장에 눌러써 본다

'사랑'은 무거워 지워내고

좋아한다는 말은

너무 가벼워 날려 보낸다

보고 싶다는 말은 괜찮겠지?

얼마나 걸릴지는 모르겠지만

언젠가 닿겠지…

To. 보고픈 너에게

밤하늘의 달과 별은 너의 눈을 닮았고
가을 아침 햇살은 네 마음을 닮았다
내 맘 네게 보낼 수 있다면
작은 편지에 내 마음 곱게 접어
너에게 등기우편 보내고 싶다
굳이 내 맘을 측량해 본다면
태양과 지구와의 거리

2. 정세은

푸른 녹음

빽빽이 가득한 시간은

넓은 땅에 담겨 기록하게 했다

그 안에 가진 기억은 먹먹해서

꺼내어 혼자 가지지 못할 소리였다

이 푸르름을 소리에 담아 보낸다

2. 안세진

마음으로 쓰는 편지

구겨진 종이 한 장에

내 마음을 담아보려 해도

펜촉 끝에서 망설이는 말들이

차마 흘러내리지 못하네

어릴 적 서툰 글씨로

엄마께 쓴 편지처럼

삐뚤빼뚤한 마음을 꾹꾹 눌러

써 내려가는 이 밤

창 밖엔 달빛이 스며들고

책상 위 조명 아래서

나는 여전히 당신을 생각하며

글자 하나하나를 새기네

지우개 가루 날리는 사이로

몇 번이나 다시 쓴 문장들

완벽하지 않아도 괜찮아

이것이 바로 나의 진심이니까

컴퓨터 자판 위에서는

쉽게도 지워지는 글자들이

손 글씨로 쓰면 왜 이리

무게가 나가는지

잉크가 번진 자국마다

떨리던 내 손끝이 묻어나고

주름진 종이 위로

시간이 쌓여가네

몇 번을 고쳐 썼던가

맘에 들지 않아 구겨버린

종이들이 휴지통에서

나를 비웃는 듯해

하지만 이렇게라도

당신께 전하고 싶은 마음은

해가 저물고 달이 뜨고

또 아침이 와도 변함없네

키보드 자판 대신

펜을 든 이유는

글자 하나에 실리는

내 온기를 전하고 싶어서

봉투에 담아 보내는

이 마음 한 조각이

당신의 손끝에 닿을 때

알아주시겠지요

꾹꾹 눌러쓴 글씨마다

맺힌 그리움 한 방울

편지지 끝자락에 접힌

말하지 못한 사랑도

시간이 흘러 언젠가

누렇게 바랜 종이 위에서

우리의 기억은 더욱 선명해질 거예요

글씨가 바랠수록 진해지는 마음처럼

당신께 보내는 이 편지에는

봄날의 꽃잎 같은 설렘과

여름밤의 별빛 같은 그리움과

가을 하늘의 구름 같은 염려와

겨울 눈송이 같은 떨림이

모두 담겨있네요

받으시면 천천히 읽어주세요

시간을 들여 한 자 한 자 적은

내 마음의 무게를

느껴주시길 바라며

손 글씨로 전하는 진심이

당신의 하루에 작은 위로가 되길

그리고 이 편지를 읽는 순간만큼은

우리가 가까이 있다고 느끼시길

구겨진 종이 한 장에

담아낸 내 마음이

당신의 서랍 한켠에서

오래도록 간직되기를

3. 안세진

디지털 시대, 손 편지가 그리워지는 이유

언제부터인지 편리함이라는 미학으로 인해서 펜을 사용해서 종이에 글을 쓰는 아날로그적인 감수성의 느낌을 가져 본지가 오래된 듯 다. 과거 방송국에 사연을 신청할 때도 엽서에 적어서 보내던 시절이 있었다. 하지만 지금은 인터넷을 통해서 사연을 접수하고 있다. 편리함과 빠름으로 인해서 즉시성은 있지만 무언가 감수성이 결여된 시대를 사고 있다.

우리는 지금 그 어느 때보다도 빠르고 편리한 소통의 시대를 살아가고 있습니다. 스마트폰 하나로 전 세계 어디에 있는 사람과도 순식간에 연락할 수 있고, 이메일 한 통이면 수천 킬로미터 떨어진 곳으로도 메시지가 전달됩니다. 하지만 이러한 편리함 속에서 우리가 잃어가고 있는 것이 있습니다. 바로 손 편지가 주는 특별한 감동과 정성입니다.

종이와 펜을 들고 한 글자 한 글자 정성스럽게 써 내려가는 손 편지에는 발신자의 마음이 고스란히 담겨 있습니다. 삐뚤빼뚤한 글씨체, 지우개로 지운 흔적, 때로는 실수로 묻은 잉크 자국까지도 모두가 그 편지를 쓴 사람의 진심을 보여주는 증거가 됩니다. 이메일에서는 결코 찾아볼 수 없는 인간미가 손 편지에는 가득합니다.

특히 요즘 젊은 세대들은 손 편지를 써본 경험이 거의 없을 것입니다. 키보드로 타이핑하는 것이 더 익숙한 시대를 살아가고 있기 때문입니다. 하지만 역설적으로 바로 그렇기 때문에 손 편지는 더욱 특별한 의미를 가집니다. 누군가를 위해 시간을 내어 손 편지를 쓴다는 것은, 그만큼 그 사람을 소중히 생각한다는 마음의 표현이기 때문입니다.

손 편지에는 기다림의 미학도 있습니다. 이메일이 즉각적인 전달과 답장을 기대하게 만든다면, 손 편지는 기다림의 시간을 선물합니다. 편지가 도착하기를 기다리는 동안 설렘도 커지고, 받은 편지를 소중히 간직하며 몇 번이고 다시 읽게 됩니다. 디지털 시대에 우리가 잃어가고 있는 이런 소중한 감정들을 손 편지는 되살려줍니다.

더불어 손 편지는 우리의 감정을 더욱 깊이 있게 표현할 수 있게 해줍니다. 이메일을 쓸 때는 종종 간단하고 실용적인 내용에 그치기 쉽지만, 손 편지를 쓸 때는 자연스럽게 마음속 깊은 이야기들이 펜을 따라 흘러나옵니다. 말로는 쑥스러워하지 못했던 감사의 마음, 미안한 마음, 그리운 마음을 손 편지에 담아 전할 수 있습니다.

앞으로도 이메일과 메신저가 우리의 주된 소통 수단이 되겠지만, 그 속에서도 손 편지만이 줄 수 있는 특별한 가치를 잊지 말았으면 합니다. 생일이나 기념일, 혹은 특별한 날이 아니더라도, 가끔은 소중한 사람들에게 손 편지를 써보는 것은 어떨까요? 바쁜 일상에서 잠시 멈추어 펜을 들고 마음을 전하는 시간을 가진다면, 그것은 편지를 쓰는 사람과 받는 사람 모두에게 특별한 선물이 될 것입니다.
우리 모두가 조금 더 자주 손 편지를 쓰고 받는 문화가 되살아났으면 좋겠습니다. 그것이 우리의 관계를 더욱 따뜻하고 깊이 있게 만들어줄 것이라 믿습니다.
디지털이 지배하는 시대일수록, 아날로그적 감성이 담긴 손 편지의 가치는 더욱 빛날 것입니다.
여유가 된다면 오늘 나의 곁에서 소중한 이에게 마음을 전해 보자. 좀 더 따스한 문화가 조성될 듯하다.

2. 다래

너에게

너에게

편지를 쓴다

할 말은 많은데

하지 못한 말과 할 수 없는 말들이

자꾸만 속에서 끓어 넘쳐

입으로 내보내진 못하고

손으로 흘려보내 본다

적을 말이 많은데

쓸수록 새어 나오는 마음이

자꾸만 추억과 눈물을 같이 데리고 나온다.

사랑을 쓸 수 없지만 사랑한다

그립지만 싫어한다

복잡한 마음을 간결히 적어본다

너에게 이별의

편지를 쓴다

1. 이무늬

잘 지내나요. 그대는..

잘 지내나요. 그대는...

그 흔한 안부조차 쉬이 물어보지도 못하고...

매일 썼다 지웠다를 반복하며 살아가고 있네요. 나는...

언제쯤이면 어긋나고 갈라진 마음을 되돌릴 수 있을까요.

언제쯤이면 시시껄렁한 이야기를 나누며 살 수 있을까요.

언제쯤이면 마음속 짙은 눈물자국을 닦아 낼 수 있을까요.

나는 얼마나 더 기다려야 할까요.

나는 얼마나 더 아파해야 할까요.

그대여..

겨울이 지나가고 봄이 온 것처럼,

봄 햇살이 되어 바람 타고 흩날리듯,

당연한 것처럼.. 그렇게...

나에게 멈추어 주세요.

나에게 스미어 주세요.

1. 이여진

편지의 종점

그 애가 준 편지를 몽땅 인천에 두고 왔다
정확히는 인천 어딘가의 쓰레기 소각장이 그 편지의
마지막 도착 주소였을터이다

그 수백 통의 마음들은 결국 화형당했을까
아니면 유예 없던 마음이 자연스레 소멸되었다고 말
해야 할까

편지에는 이상한 습성이 있어 그곳에 적힌 마음이 내
내 유효할 거 같은 기분이 들었다

편지를 버리지 않았다면 그 애가 흑연으로 까맣게
찍어 누른 시간 속에서 갇힌 채
이 세상이 유효한것처럼 편지지 마지막 줄에 매달려

살았을 텐데

편지가 마지막 주소지로 향한 날
그때의 나도 같이 그을린 연기처럼 까맣게 사라졌던
것도 같다

2019년 8월 05일
잠이 안 와 같이 자고 싶어

2019년 8월 14일
이불에서 네 냄새가 없어졌어

2020년 12월 24일
죽기전에 끝나는 사랑을 영원이라 말할 수 있을까?

때를 놓쳐 반송된 문장들도 전부 마지막 주소지로 옮
겨질 것이다
곧 화형당할 마음들을 한참 가슴 위에 올려두고
엉망이 된 심장으로 밤새 말렸다

그러다 뼈가 시리게 아픈 이름을 입에 문 채
통증을 참고 숨을 크게 들이켜
마지막 조각을 편지지에 가득 적어냈다

그래, 모든 마음의 종점은 다양한 형태의 소멸이다

죽음 앞에 놓인 사랑과 아무도 밝혀내지 못한 영원의
의미, 이불에 박힌 냄새, 끌어안고 울며 잠들고 싶던
밤의 끝도 전부

3. J

따스한 존재

백합이 활짝 핀다.

물을 살짝 뿌려 물방울이 맺힌다.

상냥한 손길이 다가온다.

천천히,

유리를 다루듯이 내게 온다.

따스한 말로 마음을 녹이고,

눈은 온전히 나를 담고.

아무 말 없이 토닥여 준다.

1. 임나영

희미한 달빛 아래

유난히 어두웠던 그날 밤.
작은 창문 틈새로 희미하게 들어오는 달빛에 의존하여 선풍기에 펄럭이는 종이를 잡고, 연필심을 소비합니다.

희미한 빛이니 보는 눈도 없어요.
나조차도 잘 보이지 않는걸요.

그대를 위해 쓰는 글입니다.
달빛보다 밝은 그대에게.

어두워 주변이 보이지 않아

바닥에 널려있는 달력을 뜯어 가져와 진심을 그립니다.

편지지는 중요치 않잖아요.

그저 우리만 사랑을 외친다면.

2. 솔트(saltloop)

손자욱

하얗디하얀 여백을 보자니 뜸이 길어진다

펑펑 내리는 눈처럼?
머릿속에서 쏟아지는 단어들을
잠재우기라도 하듯

애꿎은 연필을 손가락 사이에서
딱딱, 작은 소리를 내며 이리저리 튕긴다

한차례 치러진 전투 후
어느새 안정된 손끝은

새하얀 눈에 발자국을 살포시 남기듯,
연필의 끝과 하나가 되어

조심스럽게 흰 종이와 마주한다

뽀드득 뽀드득,
눈밭 위 남겨지는 발 도장처럼

사각사각,
흑연 가루를 날리며 마음의 흔적을 꾹꾹 새긴다

손날에 묻은 검은 때를 발견할 때쯤엔
망설임, 설렘, 그리고 진심이 뭉쳐져
고요히 내려앉은 눈처럼
종이 위에 가만히 쌓였다

손의 말

손은 소리 없이 수다스럽다
입술이 다 말하지 못한 것들을
손은 기꺼이 대신 전한다

그래서 나는 손에게 시를 맡긴다
그녀의 마음을 물고 귀소를 바라는
비둘기를 앉힌다

목구멍이 간질거려 차마 내뱉지 못한 설렘
왈칵 차오른 눈물의 수위에 못 이겨 잠겨버린 애절함
자신도 모르는 사이 혈관을 타고 들어와 퍼진 욕망

손은 자신의 모든 감각을 깨워
당신의 옷자락에

당신의 손끝에

당신의 입술에까지 오롯이 전한다

당연하지 않은 손편지

사랑하는 아들에게

안녕하세요, 오늘도 이렇게 몇 자 적어봅니다.
오늘도 잘 지내셨나요? 저는 오전에 구구단 수업을 들었답니다.
5단을 외웠어요. 확실히 구구단 중에서는 5단이 제일 쉬운 것 같아요.
아, 물론 2단, 3단, 4단 모두 까먹지 않았답니다.
오늘은 그럴 연(然) 한자도 외웠어요.
왜인지 모르게 마음이 계속 쓰이는 한자였어요.
다른 한자들은 까먹어도 이 한자만큼은 까먹지 않을 자신 있어요.
이 한자의 뜻이 그러하다, 뜻이 있다는 글자인데, 너무 깊은 의미의 한자이죠?

의사 선생님이 말씀하신 제 아들은 너무 미안해서 제 소식을 알고도 다가오지 못한다고 해요.
제가 치매라 부족하긴 하지만, 더 많이 배우고 알아서 아들에게 다가갈 수 있다면 다가가려고 합니다.
사랑이라는 단어가 너무 어색하고 어려워서 일부로 '사랑해'라는 단어를 많이 썼는데, 잘은 모르겠어요.
저도 언젠간 사랑이라는 존재의 의미를 깨달을 수 있겠죠?
아직 사랑이라는 존재가 어색하고 낯선데, 아들에게 충분한 사랑을 줬을지 잘 모르겠어요.
많이 받아도 부족한 게 사랑이지만, 그래도 너무 섭섭하지 않게, 서운하지 않게 받은 것이 사랑이었으면 좋겠네요.
글씨가 많이 서툴러서 잘 읽으실 수 있을지는 모르겠지만, 이렇게라도 아들에게 다가가고 싶은 늙은이의 마음을 헤아려주셨으면 합니다.
아들에게 이 편지가 닿는다면 얼마나 좋을까요.
만약 진짜로 편지를 쓸 수 있을 때가 온다면 예쁜 편지지에 써서 바르게 써보겠습니다.

언젠가는 아들에게 이 편지를 직접 전할 수 있는 순간이 있기를.
이 시간이 쌓여 아들에게 다가갈 수 있는 길이 놓이기를.
부디 더 늦기 전에 아들에게 미안하다는 말을 전할 수 있기를.
하루라도 더 빨리 사랑한다는 마음과 함께 껴안아 줄 수 있기를.

382번째 편지, 엄마가.

사랑하는 엄마에게.

엄마, 오늘은 잘 지내셨나요?
매일 답답한 곳에서 가만히 지내야 하는 엄마의 모습을 상상하니 항상 마음이 아려요.
오늘도 너무 편지 잘 읽었어요. 그럴 연(然)이라는 어려운 한자를 외우셨다니, 놀라운데요.
저는 어릴 때부터 이상하게 그 한자가 잘 안 외워지더라고요.

다시 만났을 때는 저보다 더 아는 것이 많아지실 것 같아요.
가끔 너무 힘들다 싶으면 하지 않아도 되니까 너무 무리하지는 않으셨으면 해요.
엄마가 저를 원망하지 않으실까 사실 많이 두려웠어요.
저도 그날에 대한 선택과 순간들이 잊히지 않아요.
이기적인 마음으로는 엄마가 그 순간을 빨리 잊기를 바랐어요.
저도 이렇게 힘든데, 엄마는 얼마나 더 괴로우실지 생각하니까 더 마음이 아리기도 하고요.
저 참 못됐죠? 죄송해요. 이런 아들이라서.
하루라도 더 빨리 엄마를 만나고 싶어요. 때가 된다면 제가 꼭 찾아갈게요.
부디 엄마의 기억 속에 남아있는 아들과 제가 잘 맞았으면 좋겠어요.
다시 만났을 때는 우리가 서로에게 상처만 남기는 사람이 아니길 바라요.
그때는 꼭 제가 다정한 사랑으로 엄마를 안아줄게요.
불안하지도, 숨이 막히지도 않은 마음이 어떤 건지 제가 더 노력하고 신경 쓸게요.

진짜로 제가 사랑하는 사람을 위해서라면, 사랑도 노력해야 한다고 생각해요.
그래야 내가 사랑하는 사람을 지킬 수 있고, 더 안아줄 수 있어요.
그렇게 저도 노력해서 엄마에게 다가갈 거예요.
사랑을 모르던 아들이 이렇게 따스한 사람이었다는 걸 꼭 보여드리고 싶어요.
그 따스함으로 엄마가 조금 더 편안해지실 수 있다면, 저는 그걸로도 충분할 것 같아요.
지금, 이 편지에 대한 마음이 당장이라도 엄마에게 닿을 수 있다면 얼마나 좋을까요.
저도 글씨가 많이 서투른 편인데, 앞으로 더 많은 편지를 써가면서 반듯할 수 있도록 노력해 볼게요.
언젠가는 쌓인 편지들을 읽으며 평온하게 지나갈 수 있는 순간들이 오기를.
이 시간이 쌓여 서로를 지켜줄 수 있는 단단함을 가질 수 있기를.
부디 더 늦기 전에 엄마에게 미안하다는 말을 전할 수 있기를.

하루라도 더 빨리 사랑한다는 마음과 함께 껴안아 줄 수 있기를.
다정하고 따스한 사랑으로 더 노력할 수 있는 순간이 계속 찾아오기를.

382번째 편지, 아들이.

2. 최이서

사랑하는 너에게

하얀 복숭아꽃
톡톡 터지는 봄 첫날

복숭아꽃 아래에서
내 마음
꾹꾹 눌러 담아
그대에게 편지를 써요

사랑한다고
보고 싶다고
잘 있느냐고

기다리고 기다리는 나여서
그리움에 서러워하다

복숭아 꽃잎 흩날리며

노을 내려올 때까지

하루를 혼자 그립게 걸었다고

3. 최이서

꽃잎에 담은 편지

예쁜 꽃잎 앞에서

그대를 보아요

그 꽃잎에

마음을 새기고

그리움의 향기를 가득 실어

작고 어여쁜 꽃잎에 꾸밈을 더해

그리움 담은 편지로 흩날려요

흐드러진 꽃잎 꽃잎마다

그대 향한 글을 새겨

오래 읽어도 질리지 않을 마음으로
향기로운 바람 소리로

그 꽃잎 그 꽃길에
흩날리는 꽃 물결을 그대에게 보내요

불어오는
그 꽃 물결에 나를 떠올려
그대 잠시 멈추라고

3. 강민지

빨간 박스

어딘가 무거운 느낌의 빨강 상자
어딘가 고급스러운 빨간 상자

추억을 모으고 세월이 모이니
촌스러운 빨간 상자

누리끼리해진 편지에는
꾹꾹 연필로 눌러서 쓴 흔적과
어린 시절 꼬순내가 풀풀 날리는
초등학교 저학년 친구가
나에게 준 생일 선물

예쁜 파란 편지에는
촌스러운 스티커 몇 장과

맞춤법 다 틀린 편지는
색이 바래 민트색이 되어버린
나의 어린 시절을 함께 보낸 친구가
나에게 준 생일 선물

강아지 엽서에는
예쁘장하고 아름다운 글씨체와
오래 만나서 좋다는 이야기와
학업 스트레스로 찌들어버린
나의 지금을 함께 보내준 친구가
나에게 준 생일 선물

오래 만나 고맙다
영원함은 없지만 왠지 어딘가 있을 것 같은
나의 친구

편지에 담아요

하고픈 알 많아도
마주하면 벙어리

마음 표현할 길 없어
한 줄 한 줄 써 내려가는

부끄럼쟁이의 떨리는 손

어떤 말을 먼저 쓸까
뭘 쓰면 기뻐할까

혼자 중얼거리고
혼자 울먹이고
혼자 얼굴 붉히고

혼자 웃고...

간절한 마음 전해지길 바라는
부끄럼쟁이의 글

편지는 부끄럼쟁이의 고백

1. 카린

손끝에 담긴 진심

벌써 한참을 편지지에 글 쓰고 마음에 안 들어서 구겨 버리고 반복했어.

이제 2시간쯤 지났으려나?
드디어 생각 정리를 끝내고 미처 말로 표현하지 못했던 마음을 담아 글로 쓰려고 해. 글씨는 삐뚤빼뚤한 모양새지만 종이 위에 써 내려가는 글자 하나하나에 마음과 감정을 담아냈어.

마지막으로 굳이 편지를 쓴 이유는...
문자나 전화로 전하는 마음은 너무 쉽고
성급하게 전해지지는 않을까? 싶었거든
그래서 편지를 쓰게 된 거야
진심을 전하고 싶었거든

그리고

형태는 편지이지만 이건 시간이 흘러도

오랜 시간 변하지 않는 마음이야

진지하게 고민하고 쓴 거니까

너도 진지하게 고민하고

네 마음을 들여다보고 대답해 줘

조금 오래 걸리더라도 괜찮아

내 마음은 오랫동안 변치 않을 거야

2. 카린

너에게 전하는 졸업 편지

처음 너를 만났을 때, 나는 네가 말이 없고 무뚝뚝한 사람인 줄 알았어. 시간이 점차 지나면서 네가 잘 웃는 걸 보고 생각이 바뀌었어. 내 말에 아무도 웃어주지 않을 때 네가 웃어줘서 민망하지 않은 경우가 많았잖아. 그 웃음이 나에게는 힘이 되었고 그때마다 정말 고마웠어.

3년 동안 고생 많았어.
앞으로 펼쳐질 미래가 지금보다 더 행복하고 빛나길 바라.

아!! 이 말 까먹을뻔했네...
해맑았던 웃음도 잃지 않고 행복하게 지내길 바랄게.

2. 허단우

타임캡슐

10년 뒤 나에게 묻고 싶다
후회하고 있지는 않은지
지금 나의 선택들이
너에게 해가 가지는 않았을까
미안한 마음에 펜을 든다

미안해

염치없지만 부탁 하나만 해도 될까
꿈꾸는 것을 멈추지 말아 줘
매일매일 새로운 꿈을 꾸렴

손바닥만 한 종이에 끄적여

내 가슴속 깊이 묻었다

10년 뒤 펼쳐보았을 때

피식하고 웃으며 볼 수 있길 바라.

2. 박지연

안부

멀리 있어도 맘은 가까이 있어
보지 못해도 눈만 감으면 네가 보여

맛있는 걸 보면
네게 주고 싶고

좋은 말씀 들으면
메모해 둬

네게 좋은 말 해주려고
날씨가 추워질 땐
네 걱정부터 해

감기 걸리진 않았는지?

잘 지내고 있는 건지?

건강하게 지내고 있는지?

네게 이렇게 손 편지를 써

두근거리는 맘을

꾹꾹 눌러 네게 보내

항상 네 곁에 나 있어

3. 박지연

어여쁜 당신에게

존경스러운 당신

사랑스러운 당신

모진 바람이 불어와

마음이 지치고 힘들 때

내 어깨 내밀어 드릴게요

잠시 쉬었다 가요

모든 아픔은 지나가고

추억으로 남을 테니

걱정하지 말아요

당신 곁엔 언제나

제가 있을게요

당신께 사랑의 손 편지 보내요

2. 최영준

기계 혀가 꾸는 꿈

흔하다고만 생각했던 걸까
손이 가지 않는 편지는 없기에
서로의 거리를 생각하지 않기에
쓴다는 말의 의미를 모르기에

날은 넘기기 위해 존재한다며
넘긴 것들의 개수는 검은색
그래서 너는 동떨어진 존재라며
나는 검게 스미기를 희망하다

하얗게 눈을 뜨고 바라본
너의 상단, 사이를 구불대고는
뒤를 돌아 스미려던 것들을
힐끗- 보고는 다시 던져보았다

축축할 뿐이었던 기억의 일부는
너의 사이와 아래로 번지며
밑줄 위로 숨을 쉬기 시작했다

어제까지 무색이던 기억의 몫을 기억하듯
목적지에 도착할 때까지 살아있기를 원하듯
나의 동족에게 잠깐이라도 스밀 생각인 듯

3. 최영준

또 다른 손 편지

누구나가 쓸 수 있다지만
나도 쓸 수 있을까 싶어
눈을 감았던 걸까

퐁- 이후의 솟아오름
사이로 보이는 불빛을 피하는
고개 사이로 음표들이 스미다

끼어드는 낑낑 소리를 따르는
손이라는 한 마디로 떠오르는
나의 색은 무색이기를 원했다

유일한 쓰기 방법인 구름조차
끊지 못하는 번짐과 마름의 관계
이후로는 담기조차 위태로우리라

생각하면서도 구를 뿐인 지금
나는 마른 종이 위를 연신 구르며
조각이나 소리만이라도 찾을 뿐

2. 박주은

독자가 된 당신에게

나의 편지를 읽는 당신
볕이 온화한 날이길 바라요

나의 독자가 되어준 당신
조금 어려운 이야기를 해볼게요

여름이 되어서야 선명해진 당신
지난겨울로 돌아가고 싶어요

나의 암호를 풀고 있는 당신
이 편지는 꽤 어려울지도 몰라요

내가 줄 수 있는 가장 좋은 선물을 받은 당신
그대에게 하고 싶은 말이 있어요

뒷모습만 보여주는 당신
나를 돌아봐 주세요

내가 당신에게
도무지 어떤 의미인지를 몰라서
감히 이런 마음을 적어도 되는지 모르겠지만

결국 나는
당신을 여전히 기다립니다
잔잔히 곁에 머무르겠습니다

1. 윤현정

당신에게 쓰는 편지

너무나 많은 마음을 담기엔 편지지가 한없이 작습니다.
수십 번을 썼다 지웠다 혹여 편지 속 내 마음이 부족할까
꽉꽉 눌러 담아 적었어요.
10월 어느 날 시작되었던 인연을 꽉 잡아줘서 고마워요.
매일을 미소 짓고 살아갈 수 있게 해줘서 고마워요.
아름다운 별빛 하늘을 함께 바라봐 주고
모르는 길을 함께 걸어줘서 참 고맙습니다.
그리고 늘 제 곁에 있어 줘서 고맙습니다.
당신께 쓰는 편지인데 왜인지 많이 부끄럽습니다.
그래도 꼭 이 말도 하려고 합니다...
사랑합니다. 아주 많이.

2. 김태은

너의 손 편지

네가 보내는 손 편지가 떠오른다.

반듯한 글씨체로 깔끔히 적힌 너의 편지가,
화려한 스티커카 봉투에 놓인 너의 편지가,
달콤한 꽃향기에 물들어 퍼진 너의 편지가,
행복한 미소를 띤 채 신난 나를 연상시킨다.

이제는 오지 않아 그리워지는 너의 편지가,
수많은 계절 사이 멈춘 채 끝난 너의 편지가,
끝없는 눈물방울 속으로 잠긴 너의 편지가,
잊지 못할 우울에 가라앉은 너를 연상시킨다.

네가 보냈던 손 편지가 떠오른다.

3. 김태은

봄의 시작

어느새 새로운 설렘이 느껴진다
온 세상에 내려앉는 계절의 속삭임,
드디어 봄이 다가오고 있나보다

얼어있던 호숫가의 물이 흐르고,
고요하던 참새들의 노랫소리 울리고,
굳어있던 들판의 땅에 초록빛이 보인다

어느새 새로운 설렘이 느껴진다
온 세상이 반겨주는 계절의 새 시작,
드디어 봄이 다가오고 있나보다

포레스트 웨일 공동 작가

설렘을 안고 손 편지를 부칩니다

종이책 발행 2025년 03월 10일
종이책 인쇄 2025년 03월 10일

지은이 꿈꾸는 쟁이 | 이겸 | 언덕_위,우리 | 김예빈 | 소박이 | 강대진 | 온채원 | 광현 | 신선우 | 작은나무 | 윤서현 | 글지은 | 아낌 | 이지아 | 이상현 | 최병희 | 황서현 | 고태호 | 달마지(손현민) | 김지안 | 정세은 | 안세진 | 다래 | J | 이지현 | 솔트(saltloop) | 최이서 | 신윤호 | 강민지 | 숨이톡 | 사랑별 | 새벽(Dawn) | 허단우 | 박지연 | 사랑의 빛 | 최영준 | 박주은 | 김태은 | 정은아 | 김채림(수풀) | 온 | 윤백예 | 백현기 | 별결듯 | 은지 | 조현민 | 그냥 시 | 이무늬 | 이여진 | 임나영 | 주변인 | 카린 | 윤현정

표지 그림 치키 @chiki_essay
디자인 포레스트 웨일
펴낸이 포레스트 웨일
펴낸곳 포레스트 웨일
출판등록 제2021-000014 호
주소 충청남도 아산시 탕정면 용머리길 40 유니콘101 216호
전자우편 forestwhalepublish@naver.com

종이책 979-11-94741-01-5
전자책 979-11-94741-00-8

작가님들과 함께 성장하는 출판사
포레스트 웨일입니다.
작가님들의 소중한 원고를 받고 있습니다.
forestwhalepublish@naver.com